CERISE À L'EAU-DE-VIE

Collection « Théâtres »

Déjà parus

Mélanie RODRIGUES, *News trottoir*, 2011
Peter MÜLLER et Angélique PIRO, *L'étrange mécanisme de la pensée. Livret conférence-spectacle*, 2011.
Dominique SABOURDIN-PERRIN, *Les confesseurs de Dieu*, 2011.
Christophe PETIT, *Vichy aux Antilles*, 2011.
Philippe CORVAL, *Antigone ou le courage de la liberté*, 2011.
Philippe REGNICOLI et Frédéric REY, *Al*, 2011.
Vincent ECREPONT, *Les interrompus*, 2011.
Francy BRETHENOUX-SEGUIN, *Assez*, 2011.
Bernard PROUST, *Habeas corpus*, 2011.
Suzanne FOEZON, Sainte-Suzanne, pavillon 32, 2011.
Geneviève BUONO, *Mille et une nuits*, 2011.
Jean-Baptiste ARCAN, *The Geneva project*, 2011.
José Pablo FEIMANN, *Le crépuscule du Che. D'après Cuestiones con Ernesto Guevara durante la larga noche que precedio a su muerte*, 2011.
Alain LEFEVRE, *Le Briquet du Roy d'Armes. Théâtre historique*, 2011.
Alain LEFEVRE, *Les oiseaux méritent-ils l'arbre sur lequel ils se perchent ? Théâtre historique*, 2011.

Aurélie Vauthrin-Ledent

CERISE À L'EAU-DE-VIE

Texte lauréat 2011 du Tarmac de la Villette

© L'Harmattan, 2011
5-7, rue de l'Ecole-Polytechnique, 75005 Paris

http://www.librairieharmattan.com
diffusion.harmattan@wanadoo.fr
harmattan1@wanadoo.fr

ISBN : 978-2-296-55517-4
EAN : 9782296555174

Personnages/entités :

CERISE

L'HOMME-EN-UNIFORME

LE CHŒUR DES VILLAGEOIS

1) DEUXIEME VIE
OU
NAISSANCE DES BRANCHES

1) LA CABANE DE PRISONS

On entend la cloche du village retentir trois fois.
Oiseaux gazouillants et colombes roucoulantes.

Le chœur des villageois :

Carnet de vaccinations :

Nom : AGAHOZO
Prénom : ESPERENCE
Date de naissance : inconnue
Lieu : inconnu
Nationalité : indéterminée
Adresse : sans

Cerise :

Dans mon nouveau pays,
il fait chaud.

Mais c'est un chaud qui ne sèche pas la
gorge et qui fait la douceur des
bras de ma…

Dans le jardin de l'Homme-en-uniforme, il y a une cabane. Les trois murs de la cabane sont faits de petites prisons en dur posées les unes sur les autres, chacune fermée par une grille. Sur les trois murs, une grande tôle ondulée en guise de toit.

C'est la cabane de prisons.

L'Homme-en-uniforme avait fait des mouvements avec ses mains sur la tête, et un signe avec ses dents devant ; puis m'avait montré une image.
Il a dit : La-Pin.

Je crois.

Il y avait des La-Pins avant, dans les petites prisons, mais il n'y en a plus.
Ils sont où les La-pins ?

Je pense aussi à quand j'étais, dans mon pays, dans ma prison-cabane. Et à toute ma...
Peut-être que les La-Pins, il leur est arrivé comme à nous.
Et les amis de l'Homme-en-uniforme ont pris ma... pour des La-Pins.

Ou alors quelqu'un avait oublié de refermer chaque grille, et les La-pins, ils sont tous partis en fête. Ça me semble une bonne solution.
Ils dansent tous en ce moment sur une colline et si j'osais, je les rejoindrais danser.

Bientôt ?

Le chœur des villageois :

TRIBUNAL DE LA FAMILLE
Enquête de tutelle.

Enfant : AGAHOZO Espérence
Motif : Orpheline

Vingt-huit avril
mil neuf cent quatre-vingt-dix.

VU : examen de l'enquête de tutelle suivie en faveur de l'enfant Agahozo. L'enquête est suivie conformément à sa nature, l'enfant est déclarée orpheline. La Secrétaire Technique des Adoptions désigne le Général de Brigade Jean LOUIS comme adoptant présomptif de l'enfant Agahozo, en remettant les documents pertinents, et ayant suivi la procédure conforme à l'affaire, il convient à présent de prendre une décision et considérant :

PREMIEREMENT : que l'adoption prévue par le nouveau Code des Enfants et des Adolescents, établit une relation irrévocable paterno-filiale entre des personnes qui ne l'ont pas de par nature et résout le problème de l'état d'abandon des enfants et des adolescents qui méritent un foyer solide qui leur offre tout ce que les parents biologiques ne peuvent pas leur donner.

DEUXIEMEMENT : que les documents montrent que le Général de Brigade Jean LOUIS a rempli les conditions prévues du Code des Enfants et des Adolescents.

TROISIEMEMENT : que, d'autre part, conformément au Code des Enfants et des Adolescents, une entrevue a lieu avec l'adoptant présomptif pour juger de ses motivations et de l'intérêt pour adopter un enfant.

QUATRIEMEMENT : l'adoptant présomptif déclarant son désir d'adopter disant qu'il constitue un repère stable et mûr, qu'il est conscient des conséquences de son caractère irrévocable, que sa stabilité économique ainsi que sa bonne santé physique et mentale ont été prouvées si bien qu'ils remplissent et satisfont aux exigences légales pour adopter.

CINQUIEMEMENT : sans acte de naissance et sur appui du certificat médical que l'enfant Agahozo est arbitrairement enregistrée comme née le 28 avril 1981, qu'elle est actuellement âgée de neuf ans.

Et vu ce qui vient d'être exposé, LE TRIBUNAL DE LA FAMILLE, AU NOM DE LA NATION, avec le critère de conscience que la Loi autorise, conformément à l'opinion exprimée par Madame le Procureur, IL EST DECIDE D'APPROUVER L'ADOPTION DE L'ENFANT Agahozo, fille adoptive de Monsieur Jean LOUIS et une fois la présente adoption acceptée ou exécutoire, qu'une note soit adressée à la Municipalité de la Province afin qu'il soit immédiatement procédé à l'inscription de l'acte de naissance de l'enfant Agahozo, sans y indiquer le terme d'enfant adoptif.

Cerise :

Au pied de la cabane de prisons, il y a
un arbre à fruits rouges.
Je grimpe dedans, je vois tout le village.
Je ne bouge plus. Sauf
pour sucer les billes rouges. On dirait le cœur des poules.
Doucement ça me rappelle ma…
Alors je vois rouge.
Je respire fort et j'ai de la rage des lionnes qui monte en moi.
Je respire fort. Je pense à ma sorcière de grand-mère. Je vois son visage : « Dis à ta rage de t'obéir. »
Oui, Esther.
Je mets en marche mon aspi-larmes.

Je vois l'Homme-en-uniforme qui me regarde, planté devant la porte de sa maison de pierres blanches.
Depuis que je suis dans son pays, quand il m'appelle, il dit : Cerise.

Le chœur des villageois :

Fiche individuelle d'état civil
NOM : Louis - Agahozo
Prénom : Espérance - Cerise
Nationalité : française
Né(e) le : 28 avril 1981
De : M. Jean LOUIS - Veuf

L'Homme-en-uniforme :

J'ai dit : La-Pin.
J'ai dit : Cerise.
C'est tout.
Je peux rien lui dire à la Cerise.
Même si elle me comprenait, je pourrais pas.
On vit comme deux animaux.
On se parle pas, on se regarde.

Les gens du village aiment pas.
Les gens du village aiment rien qui n'est pas du village.

Ils espionnent.

Jettent un œil.

J'entends derrière un rayon à l'épicerie : « c'était plus sain du temps de ses parents, lui on voit bien, héhé, ah oui, on voit bien dans son œil, ah oui ! On voit tout !!! »

Mais tant pis.
Ça m'est égal, c'est mieux cette maison ici, que la ville.
On doit se soigner. C'est pas à la ville qu'on ferait ça.
Au moins grâce à cette maison, mes vieux, même morts, auront fait quelque chose d'utile.
Cette maison, elle est pour Cerise.
Même si elle reste perchée dans son arbre ; près des cabanes à lapins.

Cerise :

La salle des pompes, des fontaines, des réservoirs d'eau.
Salle de luxe et de trésors.

La Fontaine-Fontaine
de pluie,

la Pompe qui fontaine
les mains, le visage,

l'Aspi-Réservoir
en forme de chaise ; j'en ai déjà vu. Je trouve amusant.

L'Homme-en-uniforme ne parle pas.
Il me tend un petit panier-paquet.
Mais ne parle pas.

Il en sort une petite bouteille colorée rose et mauve, l'ouvre, la presse. Un liquide de même couleur en sort. Il en englue ses mains qu'il fontaine sous la pompe.
Tout mousse de magie et fleure de parfum,
puis disparaît-pleure dans l'aspi-trou.
Mais ne parle pas.
Et essuie ses mains sur un tissu de mousse.
Mais ne parle pas.
Pose son doigt sur la bouteille rose, pose son doigt sur sa tête, pose son doigt sur la bouteille rose, pose son doigt sur sa tête, puis déploie sa main-feuille et glisse, glisse le long du bras, et tourne-glisse sur son ventre.
Je comprends que la magie-mousse est pour mes cheveux et pour ma peau couleur de bois.
L'Homme-en-uniforme m'indique la Fontaine-Pompe de pluie en y posant le pot rose.
Sur le Réservoir-Pompe qui fontaine les mains, l'Homme-en-uniforme pose l'Enfant-Brosse.
La brosse pour les dents.
« Pour ne pas devenir comme moi ! » me dit Esther.
Les hommes blancs en blanc m'avaient expliqué avant que je prenne le bateau pour ce nouveau pays, comment brosser, et puis qu'il ne faut pas manger ou avaler la pâte au goût de vent froid qui pique.
Mais celle-ci, que l'Homme-en-uniforme pose, est rose.
Un sourire intérieur qui naît alors ne se fait pas paraître sur mon visage.
L'Homme-en-uniforme qui ne parle pas sort de la salle des fontaines.

Je reste et regarde,
en silence,
encore un peu.

Temple des Pompes, des Fontaines, des Réservoirs.

La Fontaine-Fontaine
de pluie,

l'Aspi-Réservoir
en forme de chaise,
la Pompe qui fontaine les mains, le visage,
et
la
gor
ge
le
cœur
l'es
to
mac.

L'Homme-en-uniforme :

Ces villageois sont quand même de drôles d'animaux.
Septembre approche.
Faudra bien
la mettre à l'école.

A la mairie, pour l'inscription scolaire, c'était tendu.
Des regards.
Silence.
Souffle.
Dans ma tête j'me dis : « C'est fini, tout est fini ; ce n'est pas ici qu'est la guerre. Ici, il n'y a pas d'ennemis. »
Ici : impression d'être cerné, entouré, épié, suspecté, accusé.

Je dis : « Cerise ira à l'école, et vous lui apprendrez tout c'qu'y a à apprendre. » Et je pars.
Murmures.
Chuchotements, yeux.

Le chœur des villageois :

Certificat d'inscription scolaire.
Ecole primaire municipale mixte Bois Fleuri.
Pour l'année scolaire à venir : 1990/1991.

Enregistrement en classe de cours préparatoire de l'élève Louis-Agahozo, Espérence-Cerise, née le 28 avril 1981.

Fille de : M. LOUIS ; état civil: veuf ; profession : Militaire Général de brigade retraité.

L'Homme-en-uniforme :

Je sors de la mairie.
Je marche.
J'entends miauler.
Miauler me suit.
Miauler m'apprivoise.
J'offre Miauler à Cerise.
Il se blottit en boule dans ses bras et ne bouge plus, fondu de chaleur.
Je mets la table ; lentement.
Cerise me regarde avec et sans curiosité à la fois, fixement, avec son noyau noir dans les bras.

Il me regarde avec et sans curiosité à la fois, fixement, du creux de son berceau de chair.
Je dis : « Noyau », en regardant Miauler.
Cerise ne bouge pas.
« Il s'appelle Noyau. Cerise et Noyau. »
Je ne mets pas de couteau ;
ni de fourchette.
Juste une cuillère de bois.

Flash : vient à moi ce vieux visage noir édenté, aux yeux noirs pleins de lumière, et aux rides, abîmes interminables de sagesse.
L'apesanteur aspire mes entrailles, paralysie, éclair.
J'entends quelques rires au loin. Villageois.
Je suis fixé au sol comme dans du ciment. Je respire.

Noyau, approche tête baissée, épaules gonflées, appréhende un coup ou une réprimande probable, mais se risque pourtant à voler un morceau de viande.
Et le mange en grogne-ronnant.
L'engloutit en gron-rognant.
La petite Cerise émet dans un spasme le son d'un rire.
Cerise prend son assiette, et se réfugie dans sa cabane.
Pour le dessert, elle n'aura qu'à monter dans l'arbre.

Cerise :

L'Homme-en-uniforme est revenu à la maison avec un attrape-souris. Un attrape-souris tout noir.
Apparaît le visage d'Esther qui me dit : « Voici un précieux et fidèle allié ; c'est l'âme de ta... »
Et ma... saute dans mes bras et se blottit contre mon ventre.

2) MISE EN VEILLE

Cerise :

Le soleil ici est vraiment petit.
Ça ne l'empêche pas de faire de belles
peintures avant de partir.
Les araignées sont petites aussi.
Tout est petit ici. Même les panthères sont petites.
Je me sens une reine qui pousse en moi et qui regarde ce monde minuscule.
Ma grand-mère vient me dire d'aller dormir. Et son visage disparaît aussitôt.
Je descends de l'arbre.
Panthère-Miauler-Noyau me suit. Aussitôt.
On se regarde une seconde : oui, on est sien l'un de l'autre.
Il me connaît ;
et moi je vois tout son intérieur, je sais ce qu'il a vu : on est la même personne.
Je suis sûre qu'il pourra lui aussi voir le visage de ma grand-mère.
Noyau voit Esther, Esther voit Noyau.

J'approche la petite maison de pierres.
L'Homme-en-uniforme doit être dans sa chambre.
Je file, dans le silence qui m'est offert, jusqu'à mon coin de sommeil.
Courant d'air : Noyau se colle à moi.
On descend ensemble dans le dormir.
Dans les strates du dormir.

Le chœur des villageois :

Avis de passage du facteur pour courrier recommandé.
A l'attention du Général de Brigade LOUIS.
Déposé en l'absence de l'intéressé le 29/08/90 à 11h00

L'Homme-en-uniforme :

Les rires de ces villageois ne sortent plus de ma tête.

Là-bas, cette guerre, ça rend…
La chaleur et…
Les ordres et…
La nourriture qui…
Les cris n'étaient pas comme pour…
Ces cris étaient…
Les bombes aussi.
Les bruits tous les bruits.
Même les sacs de sable, immobiles, devant les fossés faisaient du bruit.
Je reconnais tous les bruits, là maintenant ; en fin de…
Là maintenant, en fin de carrière, tout fait bruit.

On n'était pas obligé.
On était obligé ?
J'ai obéi aux…
Non.
J'ai donné l'… ?
On n'était pas obligé.
On n'était… ?
Je s…

Ces rires sont sûrement pour…
Non ; juste des villageois qui dorment déjà.

J'entends Cerise qui file dans sa chambre.
C'était la chambre de…
Quand… était enfant et qu'on venait ici en vacances.
Chez mes vieux.
Chez mes vieux vieux vieux de vieux tout vieux très très très vieux.

Flash : le visage noir tout vieux de la vieille sorcière noire. Il me fixe.
Je perds la tête.
Je paye pour tout le… Payer pour quoi ? J'ai fait mon métier c'est tout.

Je sors prendre l'air.

Dépasse un papier de la boîte aux lettres.
« Avis de passage du facteur en votre absence - courrier recommandé - à retirer à compter du 29/08/90 dans votre bureau de poste. »
Aujourd'hui j'étais là.
J'ai pas bougé.
Le facteur joue à cache-cache.
Je vais m'occuper de le trouver dès demain et lui apprendre à sonner.
Mais qu'est-ce que je raconte ; il a dû sonner et je sais pas, je… je délire je deviens parano.
Pourquoi il éviterait cette maison…
Demain, j'emmène Cerise à la ville. Pour acheter.
Elle a jamais vu les boutiques.
J'ai jamais eu de fille.

Je crois que je commence à ronflâner.
Les rires s'éloignent de ma tête.
Je crois qu'on était obligé.
De faire tout ça.
Je vois des flammes, j'entends les rires ; des coups, des cris arrivent, tout se mélange.
Je dois sûrement être en train de dormir déjà.
Et ce visage.

3) L'ASPI-LARMES

Cerise :

Je parle pas.
Même dans ma langue je parle pas.
J'arrive plus.
Je ne sais pas si je peux encore faire du son.
Je ne sais pas.
Ce n'est pas encore le moment.
Des images défilent.
Que je ne comprends pas.
Mais qui laissent une trace de feu.
Dans mon corps.

Alors, autour de moi, je regarde.
Les champs tout autour de nous passent.
Ils sont comme posés sur des vagues.
Je les ai déjà vues les vagues ; quand j'étais dans le bateau.
Là dans l'auto, c'est comme dans le bateau : mon ventre se bagarre avec mon cœur.
Mon cœur riposte.
Mais il y a plein d'air tiède qui m'enveloppe et ça m'apaise.
Je vois que l'Homme-en-uniforme a chaud.
« C'est les hommes blancs. » disait mon… « Ca transpire ! »
Tout à l'heure, à la sortie du village, arrêt minute.
Une maison jaune.
Il est ressorti de la maison jaune avec une enveloppe à la main.
Il remonte en voiture.
Il ne dit rien.
A quoi pense-t-il ?

Est-ce que le voyage sera long ?
Je ne sais pas où on va.
Les bouffées d'air appellent
l'image du souffle de ma… sur ma figure, et
je riais.
Mes yeux pressent mes paupières.
J'ai un aspi-larmes.
Un entonnoir derrière chaque œil.
Et chacun est relié à un tuyau.
Les deux tuyaux se rassemblent en un seul
au niveau du cou
et l'unique tube vient se déverser
dans mon estomac.
Je bois mon chagrin.
L'aspiration-pompe vient des poumons.
Je respire.
Je me raconte ça en détail à chaque fois que je veux pas pleurer.
Je me détaille le mécanisme de mon aspi-larmes.
J'aimerais un jour avoir un aspirateur. Ma grand-mère m'a raconté comment fonctionne cette grosse bête ; elle l'utilisait dans l'hôtel de luxe. Je pourrais aspirer tout ce qui ne me plait pas. Je crois que c'est magique un aspirateur.
Mes paupières pressent mes yeux comme des fruits. Mais mon aspi-larmes fonctionne bien.
Je prends l'air à pleins poumons, je ferme les yeux.
Je somnole.

Le chœur des villageois :

Ministère de la Défense
Bulletin de solde.

Objet de courrier recommandé : Avis de dernière solde et préavis de solde de retraite.

Elément concerné : Général de Brigade LOUIS

L'Homme-en-uniforme :

J'ai quand même demandé au guichetier pourquoi le facteur ne m'a pas apporté mon recommandé en main propre.
J'ajoute machinalement et sans attendre de réponse : « Il doit pas avoir peur de moi je mords pas, et la petite non plus d'ailleurs. »
A la suite de quoi le guichetier me fixe sans répondre.
Je n'y prête pas tout de suite attention, ces fonctionnaires de bas étages de villages sont tous du même acabit, voués à l'ennui, et à la putréfaction due à leur immobilisme.
Mais
je comprends maintenant que oui, il avait peur de moi ;
de la situation.
De la petite aussi ; qui sait.

Je remonte en voiture et décachette l'enveloppe.
Solde de fin de carrière…

Avec cette solde, il faudra que je demande une allocation pour la Cerise.
Sans quoi se sera trop juste. Ou une quelconque solution financière en tout cas.

Le chœur des villageois :

Acte Notarié : Certificat d'hypothèque de bien immobilier.

Propriétaire : Monsieur le Général de Brigade LOUIS

Acte concernant le bien :

Villa Ribère, rue des Ecoles, Sarramorre.
Région Midi-Aquitaine.

L'Homme-en-uniforme :

Vêtements.

Fournitures scolaires. Dictionnaire.

Affaires de toilette.

Nourriture.

Jeux-jouets ?

Je roule.

L'auto berce.

Je vois la Cerise qui dort déjà.

Pourtant le trajet est court.
Cet été est un été chaud.
Le goudron fond.

L'école lui fera du bien.

    Quelle chaleur.

J'espère avoir pensé à tout.

    Impression de respirer du coton.

Il faudra trouver un coiffeur pour ces cheveux : dans la région, ce sera dur.

    Pourtant l'air entre dans la voiture.

« Cageot de melons en promotion ! » J'en prendrai au retour.

    Je vois trouble. Même effet que l'alcool.

J'approche de la ville.

    Feu rouge : l'air ne circule plus dans la voiture.
    Sur le feu du milieu : ce visage noir et ridé.

Feu vert.
Je ne réagis pas.
Klaxon.
Sursaut.
Insultes.

Cerise ouvre un œil.
Je la vois dans le rétroviseur.

On ne se sourit jamais.

Ai confié Cerise à la vendeuse ; elle s'est occupée de trouver des habits.
J'ai dit : « Elle parle pas un mot de notre langue, faut lui trouver des habits, faut l'aider ; moi je connais rien aux tailles de vêtements, je connais rien à c'qu'est au goût du jour. Vous pourriez faire quelque chose ? »
Ai confié Cerise à la coiffeuse. J'ai dit : « A moins que vous connaissiez dans cette ville un coiffeur qui prenne le temps de faire des tresses, faites-lui une coupe qui soit avant tout hygiénique dans ce que vous avez de plus économique et qui soit le plus simple à entretenir. »

Cerise ressort avec les cheveux très courts ; ma demande a peut-être été rude.
Avec son petit museau qui n'a pas encore dix ans, on ne sait plus s'il s'agit d'une fillette ou d'un garçon.
Ça repoussera.
Au moins à l'école, on ne l'accusera pas d'avoir des poux.
Ces villageois cherchent toujours les ennuis. Ils sont passifs et statiques. Ils s'ennuient. Je n'aime pas les gens qui s'ennuient.

Je trouve toutes les courses.
Retour : Melons.
Cerise semble approuver.
Elle termine un melon entier.
Tant mieux elle doit quand même reprendre des forces.

4) A VENDRE

L'Homme-en-uniforme :

Sur la grille du parc : « Maison à vendre. »
Qu'est-ce que c'est que cette farce ! Des gamins qui ont dû jouer, probablement.
J'vais t'en faire des confettis de cette pancarte, et si je trouve le marmot qui colle ça, confettis aussi.

Le chœur des villageois :

Maison à vendre.

Cerise :

Je me sens nue sans mes cheveux. Je suis triste. Je n'ai pas osé le montrer car je crois que l'Homme-en-uniforme a voulu me faire plaisir.
Je me console en mangeant des cœurs de poules.
Je suis dans mon arbre. Noyau est sur la branche d'en face.
Le visage de ma grand-mère.
Tous les deux on écoute sagement Esther.
Elle me dit qu'elle est soulagée de me savoir en sécurité ; et vivante.
Elle me dit
un sourire. Elle est belle même sans ses dents.
Noyau miaule.
Je regarde l'Homme-en-uniforme qui revient de la grille du jardin avec un carton dans les mains.

Il déchire le carton en petits morceaux qui s'envolent comme des papillons.

Ce nuage de papillons est un sourire. Ça me déchire le ventre de ne pas partager ce sourire avec ma...
Ça me fait monter ma rage jusque dans mes yeux.
« Espérance ? Écoute-moi, ne joue pas au jeu du diable. Dis à ta rage de t'obéir. Respire. Ne joue pas le jeu du diable, ne joue pas leur jeu ; garde l'amour en toi, sinon tu seras restée pour rien ; tu es là et c'est pour nous tous que tu es là. Si tu t'enrages, tu ne vis pas. Si tu es restée, c'est pour vivre. C'est pourquoi je t'ai envoyé Noyau. »
Noyau, qui répond à Esther, miaule.
Grand-mère, dis-moi que tu sais
où ils sont tous. Dis-moi que m...
Dis-moi où ils sont.
Dis-moi.

Maman ?
Noyau miaule.

L'Homme-en-uniforme :

J'ai chaud.
Je dois pas m'enrager pour cette pancarte.
Une farce ; c'est tout.
Ma cervelle se cogne contre mon crâne.
Pourquoi ces villageois ne s'arrêtent pas de rire ?
Je dois dormir.
Après ma sieste, je commencerai quelques rayons de salades, de radis, et de courgettes. Cerise regardera de loin, et qui sait, elle viendra peut-être m'aider...

Mais avec cette chaleur, je ne peux rien faire pour le moment.
Je vais m'allonger.
Vertiges.
Flash : le vieux visage. Je le chasse mais il reste. J'ai ramené de la guerre cette image avec moi. Je devrais pouvoir la chasser.
Il fait trop chaud.
Cette image reste.
Après les gens du village et ma paranoïa naissante, voici une hallucination.
Une hallucination qui ouvre la bouche, grand trou noir sans dent, et qui articule des sons distordus.
« Espérence est la vie, et toi tu n'es pas la vie. »
Je m'invente des voix.
« Ses yeux pétillent comme ceux d'un veau ; les tiens sont déjà vides. »

Je dois subir les effets de l'inactivité.
Je vais devenir aussi fou que les villageois.
Un rosé bien frais.

Je veux dormir.

Pourquoi les villageois n'arrêtent pas de rire ?

Cerise :

Par la fenêtre ouverte, j'entends l'Homme-en-uniforme ronfler fort.

Il ne supporte pas la chaleur.

Mais s'il dort si fort, c'est peut-être parce qu'il n'est pas en bagarre avec sa rage.
Moi si.
Je respire.

Je respire.

5) RENTREE

L'Homme-en-uniforme :

Quand Cerise me regarde, elle ne sait jamais si elle a affaire à son ennemi ou si elle peut avoir confiance.
Je le vois bien, elle réagit comme Noyau.
Elle ne parle toujours pas.
Et moi non plus.
Je sais que je suis sûrement malhabile.
Je n'ai pas de télé, pas de musique, pas de radio, pas de livre.
Je ne sais pas bien comment m'y prendre.
Et dans le fond pourquoi faire.
Je l'ai adoptée. Ça ne fait pas de moi son père ;
enfin je veux dire son psy.
Enfin je veux dire, elle est logée et nourrie.
Elle a l'essentiel.

Je crois.

Je prépare les repas, c'est tout.
C'est déjà pas mal.
Je me soigne aussi en faisant les repas. Je pense au père de famille qui a vécu un temps à l'intérieur de moi.

Je crois.

Ça doit être ça.
Je veux pas m'attendrir
stupidement
mais
si j'ai pris la Cerise, c'est sûrement pour…

Enfin une histoire de…
Pas pour remplacer, certainement pas ; on remplace pas une femme et un fils.
On remplace pas les gens.
Mais enfin, bon, avec ma retraite, la solitude et je sais pas, enfin, puis tout s'est déroulé si vite, à voir ses petits yeux ;
Pourtant des pays en guerre j'en ai traversé, pourtant des enfants qui pleurent j'en ai vu, pourtant, des bombes et des cadavres, on fait un métier, c'est tout.
Mais là, bon, je…
Enfin je m'occupe des repas et c'est déjà bien.

Pour le moment, un jus de fruit et un pain-beurre. Un chocolat chaud.

Ce matin je lui indique les vêtements neufs, achetés en ville.
Un moment, la main au fond de ma poche, je songe à mon canif pour enlever les étiquettes et les prix ;
je croise un instant le regard de la Cerise.
J'enlève les étiquettes avec mes dents.
Je laisse mon couteau au fond de ma poche.

Je sors de la chambre ; Cerise s'habille. Elle sort timidement.

Elle est,
comment dire,
enfin,
je crois que la vendeuse a fait correctement son travail.

Je prends alors le vieux cartable de…

Je marque un temps d'arrêt.

Qu'est-ce qui m'arrive après ces rires des villageois ces cris et moi qui ne supporte plus aucun bruit je tourne en rond je sens mon cœur qui s'active et qui dit à mon ventre d'aller vomir et ce visage noir fripé qui me harcèle et les visions et les rires et les rires et les rires et la chaleur inhabituelle cette année pourtant des manœuvres et des opérations c'est pas d'aujourd'hui à l'étranger toujours dans des pays chauds mais cette chaleur et mes organes qui me jouent des tours et mes sens aussi et

Je respire.

Le vieux cartable je ne l'ai ressorti que parce qu'il faut faire des économies. Certainement pas pour me souvenir de...
Pour des économies.

Je regarde Cerise qui me regarde avec et sans curiosité à la fois.

Je respire. Me ressaisis.

Je glisse, dans un ralenti indescriptible, les quelques feuilles et cahiers achetés en ville, dans le cartable ; un peu désuet. Peu importe.

Je lui tends le cartable.

Je ne parle pas.

Elle le prend.

Je ne parle pas. Je prends avec une lenteur incroyable, mon dieu qu'elle est si petite, la main de la Cerise.

L'école est la maison qui avoisine la nôtre. A droite en sortant.

Cerise :

Ce matin je crois qu'il se passe quelque chose.
Une cloche mécanique a sonné.
L'Homme-en-uniforme a sorti les vêtements neufs de l'armoire et les a posés sur le lit. Je comprends que je dois les mettre.
Je ne sors aucun son.
Il agit sans parler, comme toujours.
Il dépose le repas du matin. Je me dis que je vais manger à l'intérieur et pas dans ma cabane de prisons. C'est nouveau.
Il sort de ma chambre, je m'habille.
Je me sens neuve dans ces vêtements.
Mais je me sens nue sans mes cheveux.
Puis il revient et me tend un sac.
Que je prends.
Il s'approche de moi ; je reste immobile.
Il me prend la main.
Je le laisse faire.
Je me laisse faire.

Je mets en marche mon aspi-larmes.

Le chœur des villageois :

Liste d'appel des élèves de l'école municipale mixte Bois Fleuri.
Répartition des classes de primaire.

Les CP, CE1, et CE2 ont été regroupés cette année en une même classe, celle de Madame Raphaël, afin que les classes ne soient pas en sous-effectifs.
De même pour les CM1 et CM2, qui se retrouveront dans la classe de Madame Dubosc.

Cerise :

Je suis dans la cour avec d'autres enfants.
Je n'ai pas vu autant de monde depuis le temps de mon village. Ça m'effraie mais en même temps une joie lointaine me saisit.
J'entends qu'une dame explique des choses que tout le monde écoute.
Ses phrases deviennent des mots, et à la suite de chacun de ses mots, des enfants se détachent du groupe et viennent un par un se mettre en file.
Un par un jusqu'à ce que je me retrouve seule au milieu de la cour.
Tout le monde me dévisage.
Silence.
La liseuse de liste prend la parole. Je comprends qu'elle s'adresse à moi.
Mais ce qu'elle dit reste un mystère. Sauf mes noms et prénoms qu'elle scande deux ou trois fois : « Espérence Louis-Agahozo ? »
Mais je reste sans bouger.
Elle s'approche en souriant, pose sa main dans mon dos et m'indique, je crois, de la suivre ; mécaniquement, j'avance.
Je suis terrifiée, mais je vois en permanence ma grand-mère qui me sourit par dedans ses yeux noirs et je comprends qu'elle est heureuse de ce qui m'arrive.

Et j'avoue
qu'une étrange joie continue de se mêler à ma peur.
Je sais que je suis à L'école.

L'Ecole.

Dont l'accès nous était interdit, à moi et ma…

La liseuse m'indique une table et une chaise.
Je m'assieds parmi des enfants plus petits que moi, d'une tête environ.

L'Ecole.

Je respire fort.
Je pense à tous ces bouleversements, si rapides, et je pense alors que je voudrais avoir été avec ma… quand les hommes-en-uniformes les ont pris pour des lapins. Ma rage monte en un coup.
Vertige ; du rouge envahit ma vision.
Je sens soudain et avec clarté que je voudrais aussi être morte.
« Espérence ! Espérence… si tu penses comme ça, alors ils ont gagné et tu n'es déjà plus la vie. Ne joue pas au jeu de la rage du diable. Ne les laisse pas gagner. Fais ça pour nous tous. »
Un vif rayon de soleil perce, me chatouille les yeux et le nez, efface le visage de la sagesse.

La liseuse, que tous les enfants appellent « Maîtresse », nous donne un livre.
Je vois que les enfants sortent des cahiers de leur cartable. Je les imite.

Elle écrit une forme au tableau : « a », et tout le monde répète à voix haute : « a ».
Sauf moi.
La Maîtresse me fait un clin d'œil, comme pour me rassurer.
Je vois que tout le monde écrit dans son cahier, tout comme au tableau, une rangée complète de « a ».
J'écris tous mes « a » avec l'Energie de ma rage que je transforme en Précision.

L'Homme-en-uniforme :

Je sais qu'à l'école, Cerise aura vite des amis. Elle devrait vite se laisser apprivoiser. Ce sera plus facile qu'avec moi.
Je la dépose dans la cour de l'école, et me sauve ; il y a trop de monde ici. Je ne supporte pas.
Je n'ai qu'à retraverser la rue.
Sur la grille de la maison : « Maison à vendre ».
J'arrache la pancarte.
Je prends une bière.
Ma paranoïa prend alors un nom : crainte.
Je sais que ces villageois vont me donner du fil à retordre.
La petite les gêne.
Je prends une deuxième bière et
m'endors.
Les images de rage et de feu commencent à défiler.
Les flammes, les femmes, les subalternes qui se prennent un peu de pouvoir, qui prennent cet élan pour de la liberté,
des cris,
du sang,
les vaches qui beuglent d'agonie,
et moi qui ferme les yeux sur ce dernier jour de manœuvre.

Les hommes avaient hâte de rentrer voir leurs femmes.
Quelques arrestations à effectuer ; on boit un coup pour se distraire.
On a besoin de s'aérer l'esprit : trois mois qu'on absorbe ces images de bombes, de massacres. C'est le métier. Une carrière. Toute une carrière.
On boit un coup, les hommes se détendent.
Arrestation des prisonniers.
Trois-quatre hommes de ma brigade prennent une femme un peu trop à la légère.
Son probable autochtone de mari ne le supporte pas, crie : « Satan, Lucifer et Mammon !! »
Tout dégénère aussi vite.
Je ne réagis pas.
Je ne réalise pas.
C'est la guerre.
C'est tout.
Tout dégénère.
Si vite.
Les hommes se prennent des libertés de plus en plus grandes et s'entraînent les-uns-les-autres dans un tourbillon.
Les vents soufflent :
exorciser les visions de mal véhiculées dans ce maudit pays.
Exorciser avant de rentrer.
Exorciser.
Tout dégénère.
Et je n'agis pas. Je perds le contrôle de moi. Je n'agis pas.
Je reste immobile.
Je reste muet.
Je reste impassible.
Je suis spectateur de moi.
Je vois ces cris et entends ces flammes de loin.
Je vois un film, peut-être.

Je m'éloigne de moi à toute vitesse.
Et j'assiste au massacre.
Pas celui d'une ethnie sur une autre ; celui de mon groupe sur des prisonniers de guerre.
Et civils.

Mais
je
ne
réagis
pas.

J'entends aussi des cris d'enfants.

Et
je
ne
réagis
pas.

Je vois une vieille dame assise, qui assiste sans bouger aux vents qui s'emparent du village : vieux visage noir édenté, aux yeux noirs pleins de lumière, et aux rides, abîmes interminables de sagesse.
Déjà, elle a compris.
Elle ne crie pas.
Elle me regarde fixement.
Elle sait ce que je suis. Elle me sourit.
Elle reçoit les rages d'un exorcisé en transe.
Elle tombe sur le coup.

Même les vaches ont subi.
Mes hommes ont reproduit.
Tout ce qu'ils ont vu.

J'entends dans un demi-sommeil la cloche du village sonner douze coups.
La chaleur se fait sentir depuis tôt ce matin.
Et je sens que je transpire mon demi-sommeil.
Je me lève vaguement jusqu'au frigo et j'ingurgite en deux gorgées une bière fraîche.

Cerise :

Une forte sonnerie retentit et me fait sursauter.
Tous les enfants sortent en courant.
Je les suis timidement, mais personne ne fait attention à moi.
Je les vois rentrer dans un bâtiment de l'autre côté de la cour.
Maîtresse me prend par la main et m'y conduit.
Il y a là des tables et des assiettes.

Par la fenêtre, sur le muret de l'école, je vois Noyau qui me fixe et m'attend sagement ; je ne suis pas seule.

Et manger fait beaucoup de bien. Depuis que je suis dans ce pays tiède, c'est la première fois que je mange avec d'autres. J'engloutis à toute vitesse. Je vois que quelques-uns sont intrigués. Ce qui me fait remarquer que toutes leurs assiettes sont encore à moitié pleines alors que le repas semble fini. Une dame en rose passe avec un chariot et vide les assiettes dans une poubelle.
Je ne comprends pas.
La sidération me prend.

6) LADY MACBETH

Le chœur des villageois :

La Gazette du Sud-Ouest

Rubrique : Immobilier – Ventes

Maison à vendre. Peu de travaux. Voir photo ci-jointe. Renseignements au numéro indiqué sous la photo.

Cerise :

Matin.
Réveil soulevé par une douleur qui me couvre entièrement.
Angoisse aiguë.
Et ma mémoire qui travaille.
J'avais un cœur pour…
Il m'avait un cœur aussi.

Un jour je te reverrai.
En rêve ou en chanson.
Je travaille pour ça.
Et je fais de ma rage, chaque jour, un outil plus précis.
Je l'aiguise.
Et j'apprends vite.
Et je suis rapide.

Je te pense souvent.
Et déjà je sais lire ; je lis pour deux.
Je lis pour tout un village.

Un village éteint, quelque part où il fait chaud.
Tu me manques.
Mais maintenant je peux lire ton nom, Samaël, lire ton nom, que je peux écrire.
Samaël au sourire.

Ici il commence à faire froid.
C'est nouveau.
Je ne connaissais pas.
Mes cheveux ont un peu poussé. Mais ils ne couvrent pas mes oreilles.
L'Homme-en-uniforme, me demande de lui acheter une bouteille de vin.
A l'identique des quelques derniers jours.
C'est nouveau.
Je vais acheter, avant l'école, une bouteille de vin.
Il me tend un panier en osier.
Il dit : « C'est pour être discret ». Comprends pas.
Epicerie du village. Regards sauvages, fauves et jungle.
Il me dit qu'il en a besoin pour se soigner.
Drôles de médecines ces occidentaux.
« A ce propos, aujourd'hui, visite médicale. » dit-il.
« Tu donneras ce billet à l'infirmière ; quelques notes dont elle doit te parler.
Sujets de femmes. » dit-il.
Nous parlons maintenant.
Nous nous parlons.
Des phrases simples.
Manger, travailler, dormir.

Boire.

L'Homme-en-uniforme :

Je tourne en rond.
Pour éviter le vieux visage noir.
Je tourne en rond.
Chaque sommeil se transforme en cauchemar.
Je dors si peu.
Et ce peu je le dors si mal.
Je bois un verre.
Je reste des heures durant la journée à tourner en rond dans ma tête.
Je fuis loin des cris et du feu. Et sitôt j'entends les rires des villageois d'ici, qui se moquent, et qui rient de moi, de Cerise et de la maison à vendre.
Je bois un verre.
Je tombe dans l'ennui ; de cette retraite ; de ce village.
Village pétrifié dans l'ennui.
Je somnole.
Une lessive à finir. Cerise l'étendra, je lui apprendrai.
Le jardinage me lasse. A cette saison, surtout.
Une voiture passe lentement avec l'autoradio -Joe Dassin- à fond. Je sursaute.
Vrai que c'est bien un peu de musique.
Je réunis mes forces, fais un café, une douche, un verre d'eau fraîche.
Je me traîne au village pour faire un tour et quelques courses.

Les villageois derrière leurs fenêtres me regardent passer.

Ils ont

le droit.

Un paquet de clopes, un roastbeef pour ce soir, la gazette du Sud-Ouest.
Une bouteille.
Tiens, la fête foraine commence son installation.

Cerise :

« Les autres enfants ont peur de toi. Il ne s'agit pas d'autre chose », dit la dame de la visite médicale, madame Sachiel, qui me demande comment ça se passe avec les écoliers.
Je ne comprends pas ce qu'elle veut dire.
Moi j'ai peur d'eux, c'est sûr. Mais le contraire ? Impossible ; non, je crois qu'elle a oublié comment c'était quand elle avait neuf ans.

Pour moi ça se passe mal et pis c'est tout. Personne ne me parle. Ou très peu. Une autre fille, oui, parfois, qui est souvent seule.
Anaëlle.
Sinon on ne me regarde même pas.
A me demander si je ne suis pas un fantôme... Mais cette impression s'évanouit dès que j'entends des murmures parfois derrière moi, suivis d'un silence quand je me retourne.
Ou encore quelques rires, comme de minuscules flammes qui s'élèvent difficilement d'un tas de braises.
« En tout cas, ajoute Mme Sachiel, en tout cas tu as une santé de fer. »
Et elle ponctue d'un clin d'œil.
Madame Raphaël aussi m'en fait souvent.
Je l'aime bien.

L'Homme-en-uniforme :

En finissant de feuilleter le journal, je tombe sur la photo de ma maison dans la rubrique « immobilier-vente ».
J'oscille entre rire et m'inquiéter.
Mais rien à faire, la rage me monte, je deviens la rage.
Je vois d'un coup une giclée de sang sur mon pantalon.
Je secoue la tête, elle ne s'en va pas.
Le vieux visage noir me regarde, toujours sans expression.
Une giclée de sang ne lui fait même pas cligner des yeux.

7) ARGENT DE VIE

L'Homme-en-uniforme :

Je prends la petite main de Cerise.
Je l'emmène marcher un peu dans la petite fête foraine.

Tout le monde me regarde.
Tous les rires que j'entends sont forcément contre moi.

Nous rentrons aussitôt.

Le chœur des villageois :

Conseil départemental

Service social d'allocations familiales

Allocation d'appoint pour enfant à charge
Nom : Espérence Louis-Agahozo

Allocation : refusée.

L'Homme-en-uniforme :

Besoin d'un peu de mou.
Besoin d'un peu de liquide.
Vendu auto.

Cerise :

Hier, une fête aux couleurs et musiques
fortes et criardes.
Mes yeux sont grands ouverts.
Odeurs de sucres,
de viandes grillées.
Nuages mousseux de couleurs… que l'on mange ?
Maisons rondes et colorées qui tournent sur elles-mêmes, et
dedans, faux animaux figés et colorés.
Sur chaque, un enfant qui rit et qui fait un signe de la main à
sa maman qui fait un signe de la main à son enfant qui tourne
qui tourne
qui rit
qui tourne et n'arrête plus de rire.
Un sourire inattendu me monte et prend en otage ma bouche
et mes joues.
Soudain, l'Homme-en-uniforme serre ma main plus fort,
s'arrête, et fait demi-tour.
Nous rentrons déjà à la maison.
Je grimpe me réfugier dans mon arbre, frissonne et rentre au
chaud.

Lendemain à l'école,
ai retrouvé mon cartable
ouvert.
Tout sens dessus-dessous,
tout
retourné.
Rien n'est volé.
J'aspi-larmes.
J'aspi-mots.
Je parle de rien.

8) ARMEE DE LARMES.

Cerise :

Je prends maintenant tous mes repas à table avec l'Homme-en-uniforme.

L'Homme-en-uniforme :

Depuis qu'il fait froid et qu'elle va à l'école, Cerise reste toujours à table.
Avec moi.
Noyau a aussi sa chaise. Il s'y blottit
mais ne montre pas le bout de son museau.

Cerise :

Noyau aussi vient à table avec.
Ça me rassure.
Nous sommes trois.
Personne ne parle.

L'Homme-en-uniforme :

Elle est comme moi Cerise ; elle ne parle toujours pas.
Comment lui apprendre.
Je ne sais pas comment on fait.
Je ne sais plus.

Cerise :

On est trois chats à table.
On se jauge.
Mais une chose nous tient tous les trois autour de cette table.

L'Homme-en-uniforme :

Je crois que c'est agréable, d'être trois.
Autour de cette table.

Cerise :

Les repas sont moins
vivants
moins
animés
qu'avec ma…

Mais je m'habitue.

Vrai que c'est étrange de voir cet homme qui a été seul si longtemps.
Vrai que c'est sûrement qu'il a eu du chagrin.
Vrai aussi qu'il en a causé.

Toujours comme ça quand on est seul.

Toujours pour ça qu'on est seul.

L'Homme-en-uniforme :

Je repense à...

Et puis bon, la Cerise, là, je m'y habitue.

Cerise :

Je vois l'Homme qui forme un sourire étrange.
Son sourire se met à hoqueter par en dedans,
une larme.

Coule.

Un mélange de dégoût et de consolation me monte.
Je reste inerte.

Je le trouve, et touchant, et écœurant, l'Homme qui pleure.

Alors même lui, qui a fait le mal et le feu, même lui, qui a répandu la rage et la mort, même lui,
il peut pleurer ?

Plus tard, dans mon lit, je montre à Noyau le lapin musical en peluche que la petite Anaëlle, celle avec ses lunettes si grosses que personne ne lui parle, m'a offert aujourd'hui à l'école.

Noyau taquine les oreilles du lapin qui s'agitent mécaniquement sur un rythme décalé de celui de la musique.

L'Homme-en-uniforme :

Je débarrasse la table.
Dans le silence.
Vaisselle.
J'entends une mélodinette venir de la chambre d'enfant.
Larme.
Larme.
Puis une troisième.

9) ESPIONNAGES

Cerise :

Même si personne ne me parle, à l'école, ça ne me gêne pas.
Tout ça n'est rien. Je le sens tout au fond.
Ici les choses sont toutes petites.
Le soleil, les araignées, les panthères.
Ici c'est le pays où tout est petit.
Les actions, les émotions, les intentions.
Les mots.
Et les silences.
Alors je laisse les chamailles.
Alors je laisse les petits rires dans mon dos.
Alors je laisse les silences qui se créent sur mon passage.

Le chœur des villageois :

Conseil Départemental

DDASS

Avis d'inspection.

Suite à l'adoption de l'enfant Agahozo, une assistante sociale se rendra à votre domicile afin de prendre acte des bons soins attribués à l'enfant.

Veuillez agréer…

Cerise :

Je retrouve parfois une étiquette dans mon dos, un dessin sur le tableau, le matin quand la classe est déjà ouverte.
Ou encore un mot anonyme dans mon sac.
Et toujours, j'entends des petits rires.
Je suis triste mais je n'ai pas peur.
Ce n'est pas ça qui m'effraie.

Ici, pour la kermesse de l'école, on va préparer des danses et des spectacles.
Notre classe a choisi une danse.
Madame Raphaël apporte la musique.
Et j'entends la musique.
Ça me soulève.
Le ventre.
Le cœur.
La tête.
Je voyage.
Cette musique me rappelle le vieux poste radio, et ma grand-mère, et ma…
Combien de temps déjà que la musique ne m'avait pas traversée ?
Vertige.
Tourne.
Vertige.
Tourne.
Vertige.
Respire.

Respire.

L'Homme-en-uniforme :

Je reçois un avis d'inspection de l'assistante sociale.
Elle va venir vérifier que je m'occupe correctement
d'Espérance.

De quoi elle se mêle ?

Je ne comprends pas ce courrier.
De quel droit ? Une adoption, c't'une adoption.
Je n'ai à me justifier de rien.
Un coup des villageois je parie.
Un élan électrique me saisit.
Je me débarrasse vite de quelques bouteilles.
Elle ne vient pas aujourd'hui, je sais.
Non, je n'ai pas
peur,
je suis en
rage.

Cerise :(en parallèle avec)
                    Le Chœur des villageois :

                                Monsieur,
                    Je suis au regret de vous
                informer que votre… « pupille »
                  a fait l'objet d'un délit.
                        En effet, ma fille,
Anaëlle, était en possession d'un lapin en peluche mécanique
                que je lui avais moi-même offert.
                                    Or,
                    il s'avère qu'Espérance

se révèle être
coupable
du vol de cet objet.

En conséquence,
je vous demande la restitution de la peluche de ma fille
dans les plus brefs délais,
sans quoi je me verrai dans l'obligation
de déposer une plainte contre vous
auprès de notre commissariat municipal.

La Maman d'Anaëlle,
Madame Asmodée.

Je rentre à la maison et la musique est restée dans moi.
Je fais mes devoirs à toute vitesse,
et je vais dans la cabane de prisons
que l'automne m'a fait un peu délaisser.
Il fait froid mais aujourd'hui, il y a du soleil.
Et à 17h, il fait encore jour.
J'ai dû rendre le lapin câlin à Anaëlle : sa maman l'a exigé.
Anaëlle a beaucoup pleuré.
Entre deux sanglots : « Suis pas d'accord, suis désolée. »
T'inquiète pas petite Anaëlle.

Je regarde les cages vides.
Je pense aux lapins.
Je vois Noyau et Esther.
J'entends monter en moi des rythmes de terre et de cœur. De ma terre, de mon cœur, de ma…
Je m'imagine en haut d'une colline.
Je danse avec les lapins.

Je suis fille des montagnes, le débordement de deux forces qui se rencontrent.
Je me soulève de terre, et je prends la force.
Je suis sœur des montagnes, fille de la terre,
Couleur de la glaise
et je danse, flamme de terre,
je deviens flamme de terre,
poupée noire née du sol
poussée vers le ciel.
Rien ne peut m'arrêter.
Je suis sœur des montagnes, fille de la terre.

Me vient ce genre de joie, que mon corps avait oubliée.
Je danse
avec Noyau,
avec Esther,
avec les lapins,
avec le ciel,
avec ma…,
avec la terre.

Et à cette heure, je suis la joie.

L'Homme-en-uniforme :

A table !

Cerise :

Aujourd'hui, j'ai quatorze ans.

10) DE CONCERT

Cerise :

Voici cinq ans
que je vis comme ça
à cohabiter.
Parler de mon travail d'école ?
Non.
Parler de ma ... ?
Non ;
échanger
le minimum.
Deux ou trois mots.
Quelques repas.
Vagues sourires polis.
Bon appétit.

Je travaille
dur
pour
pas
penser.

Le repas est bon.
Je ne fais pas de mal
à l'Homme-en-uniforme.

Et c'est déjà se faire du bien.

On vit comme ça.

L'Homme-en-uniforme :

Voici cinq ans
que je vis comme ça
à cohabiter.
Parler missiles et chars ?
Non.
Mon ancienne famille ?
Non ;
échanger
le minimum.
Deux ou trois mots.
Quelques repas.
Vagues sourires polis.
Bon appétit.

Je jardine
beaucoup
pour
pas
penser.

Légumes du jardin.
Je ne fais pas de mal
à Cerise.

Et c'est déjà du bien
qu'on se fait.
On vit comme ça.

En cinq ans
rattrapé
deux années
d'école.
Pour pas penser.

Je suis douée,
je suis vive,
mon corps fleurit,
yeux en amandes,
mes cheveux longs,
noirs onyx.

Mais voilà que je me découvre

et je n'ose le dire
je crois que j'ai
pour l'Homme-en-uniforme
un attachement.
De la tendresse ?

Au collège,
en ville
rencontres.
élèves chaleureux

Ouvert un bout de cœur
et au collège
rencontre

Gabriel.
Partage.

En cinq ans
descendu
vingt années
de vin.
Pour pas penser.

Je m'affadis,
je m'égare,
mon corps pourrit,
cernes et poches,
crâne pelant,
grisaillant.

Mais voilà que je me
          [découvre
et je n'ose le dire
je crois que j'ai
pour Cerise
un attachement.
De la tendresse ?

Maison,

isolement.
villageois hostiles.
de plus en plus.
Je me suis endurci
maison de village
tourne
en rond.

Isolement.

Le chœur des villageois :

Plainte déposée contre le Général de Brigade M. LOUIS
Motif : abus sexuel sur mineure.

Cerise :

Mes petits doigts couleur de bois
courent le long des moulures du meuble,
parcourent
les gravures
les sculptures en relief.

Je redessine l'image de bois taillée,
je grave cette scène dans mon cerveau,
scène de chasse
chasse en forêt d'occident
j'inscris cette scène dans ma cervelle.
Je palpe en braille.
Je grave en braille.
Photographie en braille.
Mon doigt de bois fait clinquer un anneau de fer.
J'ouvre ce tiroir.

Le chœur des villageois :

Plainte déposée contre le Général de Brigade M. LOUIS
Motif : abus sexuel sur mineure.

L'Homme-en-uniforme :

Dans le vieux vaisselier de ma vieille,
souvenir de carrière.

Précaution,
sans doute.

Sécurité enclenchée,
mais chargée.
C'est rassurant.

Faut ce qu'il faut pour calmer un troupeau de villageois qui se réveille.
Il pourrait se réveiller.

Le chœur des villageois :

Plainte déposée contre le Général de Brigade M. LOUIS
Motif : abus sexuel sur mineure.

Cerise :

Paralysie. Je me trouve face à ma…
Je n'ai jamais parlé.
Je n'ai jamais parlé.
Je n'ai jamais parlé.

Ma rage me monte.
Ma rage me monte.

J'aspi-larmes.
J'aspi-larmes.

Esther me parle mais

je ne comprends

rien.

Je vois rouge.
Rouge de feu.

Esther articule, mais je n'entends plus rien.

J'aspi-larmes !
J'aspi-cris !
J'aspi-rage !
Je referme le tiroir.
Noyau est à mes pieds.
Nous filons dans notre arbre.

Le chœur des villageois :

Plainte déposée contre le Général de Brigade M. LOUIS
Motif : abus sexuel sur mineure.

11) EMMIRACLER

Cerise :

Gabriel me dit :
« Tu es un miracle de vie.
Tu m'apprends
à miracler avec toi ?
Emmiracle-moi.
Emmiraclons-nous.
Emmuraillons-nous.
Ta force de vie déborde. »

Je me rappelle quand
j'ai appris à
écrire ton
nom
Samaël.
Je ne m'apaise pas de cette douleur.

Mais le blanc Gabriel m'échange sa confiance

contre la mienne.
Je l'accepte et je pense à toi.

Noyau vient
de donner trois chatons
en offrande à la vie.
Jour de fête.
Jour de joie.

Le chœur des villageois :

Conseil général du département

DDASS

Objet : placement de l'enfant Louis-Agahozo sous tutelle.

À l'attention de M. le Général de Brigade Louis.

Suite aux dépôts de plaintes qui se sont multipliés contre le Général de Brigade Louis sous le motif d'abus sexuel sur mineure, nous vous informons qu'il est décidé par ordonnance de police, que l'enfant Louis-Agahozo est retirée de votre autorité parentale et placée sous tutelle pendant toute la durée de l'enquête qui vient d'être ouverte.

L'Homme-en-uniforme :

Malgré efforts, Cerise sera confiée.

Je ne comprends toujours pas
je suis vieux et désarmé,
« Cerise je dois te parler ».
Ce sera l'occasion,
la vilaine occasion
d'avoir à discuter.
De pouvoir se parler.

12) TRIO ECLATE

Cerise :

Tout comme l'Homme-en-uniforme me l'avait dit, une dame a demandé : « Quels sont les bagages de la petite ? Avec ce policier, nous allons charger ses affaires. »
Tout comme il me l'avait annoncé, trois autres policiers sont venus emmener l'Homme-en-uniforme. Il dit :

L'Homme-en-uniforme :

Vous auriez pu attendre quelques heures ; que la petite ne voie pas ça, tout ça.

Cerise :

Tout ça.
Je suis sidérée et paralysée.
Je sais bien que mon corps se crispe et je lui dis de ne pas le faire.
Il n'en fait qu'à sa tête.
L'Homme-en-uniforme met les trois chatons dans un sac plastique, Noyau sous le bras, et prend son portefeuille.

L'Homme-en-uniforme :

Je n'ai le droit de rien emmener. Tout est perquisitionné par la banque.

Je prends mon portefeuille : il reste dedans les photos de ma
… et de mon…
C'est tout.
Je mets en vitesse les chatons dans
le premier sac plastique qui me tombe sous la main,
et
maman Noyau sous mon bras.
Je ne salue
personne.
Je regarde
Cerise.

Cerise :

L'Homme-en-uniforme me regarde.
Il se retourne et s'en va.
Une mobylette passe et assourdit l'instant.
Noyau a peur
et saute. Se sauve au galop dans des buissons.
L'Homme-en-uniforme reste
immobile
et
vaincu.
Il reprend sa marche, et s'engage à pieds sur la route départementale.

L'Homme-en-uniforme :

Une mobylette au son de mort fait peur à Noyau qui me lacère la peau du bras en s'enfuyant dans les fourrés.

Je n'ose pas me retourner et affronter Cerise, et ces perles d'yeux.
Je commence à marcher.
Vers la ville.
Je m'arrêterai quand je serai fatigué.

Cerise :

« J'ai oublié de prendre une petite chose, attendez-moi. »

Je pars vers le vieux meuble sculpté.

Je fais balancer et claquer l'anneau de métal du tiroir.
Mon corps n'hésite plus : il éventre le meuble par son tiroir, et prend en un éclair le pistolet. Mon corps automate le fourre en vitesse dans mon cartable.

Je reviens vers Madame DDASS.

« Je suis prête. On peut partir. »

L'Homme-en-uniforme :

Je n'aurais pas dû hypothéquer cette maison, mais tenter de la maintenir en héritage pour Cerise.

Ces villageois sont de drôles d'animaux.

Fais ta route Cerise, je ne suis pas inquiet pour toi.

Le chœur des villageois :

La Gazette du Sud-Ouest. Faits divers :
L'horreur s'installe dans nos campagnes.
Hier, un chat a été retrouvé empalé en place municipale d'un village de notre département, village dont nous avons préféré taire le nom tant la honte est grande pour les habitants.
Ils sauront toutefois se reconnaître.
Avis à tous donc, surveillez vos petits adoptés de fourrure.
Un appel à la vigilance est lancé, afin que ces actes de cruauté ne s'installent pas au cœur de nos quotidiens.

II) TROISIEME VIE
OU
NAISSANCE DES FEUILLES

1) MES NOUVELLES CABANES DE PRISONS

Cerise :

Des cabanes de prisons.
Je vois des cabanes de prisons.
Je suis encore dans la voiture de l'assistante sociale de la DDASS.
En se garant : recommandations, encouragements et portrait de ma nouvelle tutrice ; cerveau-disque branché en boucle sur ce discours depuis début voyage.

Des cabanes de prisons partout,
immenses,
pas pour les lapins ;
pour des humains.
La dame de la DDASS dit : H.L.M.
Et c'est là que vit
ma nouvelle tutrice.
Tout gris,
gris de gris de gris de gris.
Carré. Sombre. Sale.

S'ouvre la porte de l'appartement.
S'ouvre la porte d'un monde.
S'ouvre la porte des merveilles.

Chaleur, bougies, meubles dépareillés, coussins de toutes formes et couleurs.
Monticules de livres-briques en vrac qui remplacent les murs.
Une cabane en livres...
Je vais continuer de lire pour mon village. Et pour ma...

Parfum qui brûle : je regarde.
Elle dit la tutrice : « Encens ».

Musique.

Les deux dames parlent.
Je n'écoute pas et me laisse envoûter.
Musique.

J'aime.
Je veux.
Je serai.
Je jouerai.
Je chanterai.

En attendant, je remets mes pieds sur terre.
Mme Ddass s'en va.
Cassielle me sert un thé sucré chaud aux fruits rouges.
Cassielle me dit de m'asseoir.
Cassielle me parle.
Elle me parle.
Elle me parle.
Tout en moi l'écoute.
Mes yeux
ma bouche,
mes mains,
mon cœur,
mes oreilles,
tout est incroyable.
Je suis
bée,
je suis
bien.

Je somnole de plaisir.

Je me réveille le lendemain dans un lit moelleux aux draps fleuris.

Ma troisième vie.

2) VIOL EPISTOLAIRE

Le chœur des villageois :

« Cavité de pâleur ne comble pas le cœur.
Vivre pour toi, pour que tes pleurs se taisent.
Dis-moi Samaël, dis-moi si je lis, si je ris, si je vis, penses-tu que j'en aie le droit?
Et si je lis, je ris, je vis, suis-je égoïste ?
Et si je ne lis, ne ris, ne vis, suis-je égoïste ?
Gabriel, aide-moi.
Écris-moi.
Je suis nichée dans un bain de chaleur moelleuse ?
Écris-moi.
Dis-moi, est-ce que j'ai le droit ?
Réponds-moi à l'adresse au dos de l'enveloppe.

Tu me manques. »

Cerise :

Mes bras-cerveau arrachent ce tissu-toile, peint de ce souvenir,
et écartent ce rideau-film loin de moi.
Je lutte pour oublier.
Pour finir avant que la fin me surprenne, m'étripe de réminiscences.
Oubliettes-poubelles de ma tête.

J'écris à Gabriel.
Lui sait.

Je ne parle de rien mais il comprend l'histoire de ma... et puis...
L'histoire de Samaël.

L'Homme-en-uniforme :

Les trois chatons dans le sac plastique sont froids.
Je mets le sac plastique
dans
une poubelle publique.
Le long de la Rivière.
Un banc.
Un pont.
Je m'assieds.
Je regarde les vaguelettes qui accueillent le soleil rougissant.
Le soleil noircissant.

Pas de lune, pas de lampadaire.

3) CAVITE DE PALEUR

Cerise :

« Force est de rester Amour.
Ne joue pas au jeu du diable. »
Esther
aide-moi.
Cavité de pâleur ne comble pas le cœur.
Esther, ils me manquent tous.
Ma vieille Mamie sans dent, ton visage s'efface.
Reviens !
Ma vieille Esther qui sourit, qui sourit sans ses dents.
Aide-moi.
Ne t'en vas pas de moi.
Cassielle, ma tutrice, me sourit en me donnant une tasse de chocolat chaud.

4) REJET

Cerise :

Nouvel établissement. L'ancien collège a préféré me demander cordialement et avec tout le respect du monde, l'ancien collège a préféré, comprenez-vous, me demander, mais je ne dois pas m'en offusquer, et je dois les comprendre eux aussi, parce que dans le fond tout ça n'est bon pour personne, mais voyez-vous, il ne serait vraiment pas bon, et ce dans l'intérêt de chacun, et bla, et bla, et bla.

Une petite
immigrée
victime d'abus
ne fait pas
bonne
réputation.

Regards.
Murmures.
Sensation confuse de déjà vu : mieux vaut en rire.

Sur un banc du nouveau collège, je regarde les craquelures de mes baskets.
Je pense à l'Homme-en-uniforme, accusé à tort.
J'entends une musique irlandaise sortir de la fenêtre d'une cabane à hommes.
Oui, le collège est au cœur des cabanes à lapins de ma tutrice.
La musique me donne chaud.
Je rêve.

Cassielle dit que si je vois moins souvent ma grand-mère, c'est que je ferme mon cœur.
Et alors ? Si c'est comme ça que j'ai moins mal, où est le problème ?

« Si tu ne parviens plus à aimer, tu leur laisses l'avantage.

Et ils gagnent deux fois.

Et ils gagnent deux fois. »

Je n'entends plus qu'une voix lointaine.
Noyau me manque.
Gabriel.
Samaël.
Esther ma grand-mère.
Mon pays au soleil si grand, aux araignées si grandes, aux chats grandeur nature…

5) ECHANGE

Cerise et l'Homme-en-uniforme :

Un jour on fera sourire nos yeux comme des soleils, et en versant une petite larme, on se souviendra.
Et on se dira qu'on n'aura pas de regret, mais qu'on a été bête.

6) MUSIQUE A L'EAU-DE-VIE

Cerise :

Cassielle a beaucoup de disques. Ça m'évade. Ça me chauffe.
Obsession absurde, cette guitare qui virevolte dans mes yeux du dedans.
Cette guitare qui m'appelle depuis que je suis dans ces cabanes de prisons.
Je chanterai. J'aimerais chanter. Mais ma voix est toujours bloquée dans mon corps.
Quelques murmures tentent des évasions.
Les murs de ma gorge-muraille sont fortifiés.

Je marche sur la promenade qui fait le quai de la rivière.
Je chante en dedans de moi.
Je me risque une fredonnette en dehors de moi.

J'aimerais pouvoir communiquer.
Je prends le vent
pour messager,
et je lui fais
confiance.
Il vous transmettra ma fredonnette à vous tous,
où que vous soyez.
Vous, ma...

De l'autre côté de la rive, je vois une masse humaine dormir sur un banc.

Je me dis que ma nouvelle cabane à lapins est encore un luxe.

Je me laisse envahir par les roucoulements, la musique des arbres, et l'odeur du soleil de fin de journée. Je regagne ma grise cage à lapins, soleil plein les oreilles et musique plein les yeux.

J'ai une pensée pour l'Homme-en-uniforme. Je le revois partir, les chatons dans le sac.

Je veux mon Noyau. Je suis sûre qu'il a trouvé une famille d'accueil.

J'en suis sûre.

7) GUERRE CIVILE

L'Homme-en-uniforme :

Le métal glacé isole mes mains de mes bras.
Fouillis administratifs, feuilles volantes et blagues de bas étages.
Café-sandwich.
Pardonnez-nous, il s'agit d'une erreur.
Faut dire que les bancs au bord de la rivière, avec votre casier récent, bon enfin on a fait une erreur, ça arrive, bonne journée.

Je retourne sur mon banc. M'est égal ce qu'ils disent ou pensent.
Je somnole.
Rires, cris, rires, flammes, hurlements, murmures, fantôme de la vieille sorcière noire. Vieille folle fiche-moi la paix !
Vieille folle qu'est-ce que tu veux ? Un rayon de soleil m'éblouit. Je crois voir Cerise sur l'autre rive. Je divague. J'attends la mort. Je bois mon vin, j'assèche la bouteille en plastique.

8) GUERRE CIVILE

Cerise :

Sortie collège.
Courte balade le long de la rive.
Rires.
Rires d'une langue inconnue…
…résonnent dans cette fin d'après-midi.
C'est agréable d'entendre ces rires.

Je n'en entends plus depuis longtemps.
Quand je passe dans les couloirs du collège, ils se dissipent.
Chez Cassielle, on sourit.
Dans la maison de pierres de l'Homme-en-uniforme, austère.
Et dans mon pays, oui il y a eu des éclats, des éclats de rires.
Esther disait : « Si tu bouges dans ton corps, c'est impossible de faire la gueule ; les blancs font toujours la gueule parce qu'ils ne bougent plus dans leurs corps ; leurs corps sont morts ; déjà morts. »

Alors ces rires qui résonnent, j'aime.
Ils résonnent en écho contre les parois du bras d'eau.
Je ne comprends pas cette langue qui chante.
Ça chante.
Ça rit.
Plus.
Ça retentit.
Fort.
Négresse.
Rires éclatants.
Ricanements.

Négroïde.
Grincements de rires juste derrière moi.
Hurlements de rires.
Main sur mes fesses.
Tape sur l'épaule.
Coup de pied dans les reins.

Un-deux-trois-quatre
Noir dans mes yeux.
Noir dans mon souffle.
Noir dans mes mots.

Cinq-six-sept-huit
je crie en silence,
Hurle sans bruit.
Neuf-dix
j'ai peur.

Onze-douze
le sol se jette sur moi.

Negresse-negrita-négroïde.
Rires-éclats-ricaneries.
Claques-gifles.
Goulot d'alcool forcé dans mon goulot de mots.
Je compte à toute vitesse dans ma tête.

Couteaux de mots.

Un.
Deux.
Trois.
Quatre.

Lames de sexes.

Cinq.
Six.
Sept.

Mots d'acier.

Huit.
Neuf.

Couteaux de mots.

Dix.

Couteaux de sexes.

Maux de mots.
Maux d'alcool.
Maux de couteaux.
Maux de sexes.

Noir.

Je vois Esther.

L'Homme-en-uniforme :

Sur mon banc, j'entends.
Toujours ces mêmes horreurs.
Rires. Cris. Déchirements.
Je sais que mon délire continue. Visage noir. Vision hantée.

Hantise. Ma conscience, altérée par ce vin industriel, chimique, mauvais alcool qui dort mal, dans son cubi de plastique.

Rires.
Cris.
Irréels.
Délire.
Visage noir.
Feu.
Rires.
Rires étrangers.
Vocables incompréhensibles.
Mon délire s'accentue d'entendre cette langue.
Je m'assomme des dernières gorgées de piquette.
Je me fonds à mon banc et tente de moins cauchemarder…
…et me dis soudain que j'ai très probablement dû tout inventer.
Oui
sûrement
voilà
rien autrement n'est possible
et je viens de créer
je viens d'imaginer ce que j'aurais fait si j'avais eu le courage de sauver cette petite. Je me suis inventé ça. Pour entrer en guerre contre ma culpabilité. Et revenir de guerre sans ma culpabilité. Je me suis tout inventé.
Sûrement pour ça que les villageois riaient.
Cerise n'existe pas.
Je l'ai laissée sur place derrière moi après ce massacre.
Lâche jusqu'au bout que j'aurai été.
Oui.
Voilà ce que je suis.

J'accepte désormais les tourments et la mort qui arrivent.
Je vais retrouver et ma femme et mon fils,
s'ils veulent encore un peu me voir.
D'un coup l'image du cartable de mon fiston
ce cartable confié à ma Cerise pour qui je n'ai rien pu faire
Cette image me revient.
Je ne mérite
que
de m'en aller
au plus vite.

Le chœur des villageois :

La Gazette du Sud-Ouest

Faits divers.

Une jeune immigrée de quinze ans a été retrouvée hier sur les rives, violée et poignardée d'une demi-douzaine de coups de couteaux, entourée de tessons de bouteilles de verre.
Une enquête est ouverte.
La jeune fille a toutefois survécu et se trouve hospitalisée au CHU du département.

9) L'ANGE EN BLOUSE BLANCHE

Cerise :

Résonne la Voix de Cassielle.
« Va-t-elle … dans … état …core longtemps ?
Déjà trois … enco.. combien de mois ?

Je ne … jamais … payer. »

Résonne la Voix du médecin.
« Cet…, elle est … miracle.
Miracle de vie.
El… voul… vivre.
Je … papiers nécessaires, et
prends en charge entièr…
Elle veut vivre.
On va l'aider.
Parlez-lui : elle … entend tout dans … coma. Elle a besoin.
Disques, aussi. »

« Merci docteur Michel », dit ma Cassielle.

Je parle aisément avec
Esther,
je parle doucement avec
Noyau et ses petits,
je parle heureusement avec
Samaël.
Et je lui parle dans ses bras…
les bras de Ma …
Maman !

Je flotte.
Dans un bain de douceur chaude.
Je me laisse aller.
Je veux rester ici.

« Il y a ta lettre, que je relis sans fin avant de m'endormir, comme toutes les nuits, depuis un moment. Puis ta voix qui me manque. Une tendre nuit que je te murmure au creux de l'oreille, donc tout près de ce corps endormi, dont la respiration rythme cette valse du sommeil que je m'empresse de venir partager avec toi. »

Gabriel ?
Je ne te vois pas.
Gabriel ?

Mon Dieu, mon Esther, Noyau, Samaël et
ma
Maman,
parlez-moi encore.
Je ne vous entends plus.

« Je te panse comme je te pense.
Fleur de pensée pour un délice de matin.
Pensées fleuries pour effleurer tes yeux perles. »

Plus que la voix de Gabriel.
Gabriel ? ...
... ne m'entend pas.

Non, pas lui, Gabriel, je veux mourir, si je t'entends, que fais-tu là ?
Vertige, je chute, comme d'une falaise blanche.

Je crie sans bruit, je crie sans voix, « impression d'avoir passé ma vie à tes côtés » stoppe ma chute, à dix centimètres du sol, stoppe net.

Je flotte.

Baignée de ce murmure.
« Impression d'avoir passé ma vie à tes côtés. »
Baignée de ce chuchotement.

Je comprends que Gabriel est présent
de l'autre côté de mon écran de coma.
Je m'apaise.
Cassielle l'aurait donc prévenu.
Elle sait et voit.
Tout.

10) COMA DE MEANDRES

Cerise :

L'Homme-en-uniforme.
Je sens la présence de l'Homme-en-uniforme.

Il apparaît.

On ne se parle pas.
Ses yeux brillent de dire la vie.
Ses yeux brillent de me souhaiter la vie.
Ses yeux brillent de n'avoir pu faire mieux.
Ses yeux brillent d'être à présent la mort.

Le chœur des villageois :

La Gazette du Sud-Ouest

Un S.D.F. s'est noyé hier soir. Il semble que sous les effets de l'ivresse et de l'alcool, il ait, durant son sommeil, roulé jusque sur les berges. Des témoins, promeneurs habitués, ont aperçu la scène depuis un pont voisin. Ils ont immédiatement prévenu les secours mais ceux-ci sont arrivés trop tard. Les promeneurs restent en état de choc et ne s'expliquent pas quant à leur paralysie, les ayant empêchés de sauter dans l'eau afin de sauver le S.D.F. de la noyade.
L'homme, finalement identifié, était un ancien militaire. Il sera incinéré demain.

Cerise :

Un jour
Je ferai des grandes choses,
Que tu ne verras pas.

Un jour
Je ferai des grandes choses
Je t'imaginerai,
Et je te voudrai là :

J'offrirai des concerts
Te chanterai mes cris
Qui seront monuments
Parce que chaque note
Sera forte comme un roc
Je prendrai la musique
Que tu te refusais
Et bien que tu n'aimes pas
Tu seras fier de moi
Je donnerai des cours
À l'université
Sur la littérature,
Les civilisations,
Je sais que tu n'aimes pas
Mais tu me souriras.

Un jour
J'irai au fond de l'eau,
Je reprendrai tes cendres,
J'en ferai une statue,
Et tu me parleras,
Et tu me parleras,

Et tu me parleras.

Et tu me parleras
Et ce que tu diras
Cette fois je l'entendrai
T'entends je suis plus sourde
Rends-moi tout une seconde fois
T'entends je ne suis plus muette
Rends-moi tout une seconde fois

Un jour
Je ferai des grandes choses et
Ma pudeur de côté
Je te prendrai très fort
Avec tes gros yeux noirs
Je me pends à ton cou
J'éclate en longs sanglots
Et je t'offre au moins ça
Ça, ça te guérira.

Pas vrai ?

Un jour
Je ferai des grandes choses
Je nous compte à rebours
Et viens dans ta maison de pierres.
Je ne suis plus muette.
Je dis. Puis Je t'insulte,
Je vomis devant toi
Pour que tu voies mon cœur
Et tous mes sentiments
Je deviens latino
Et te chante si fort

Je t'arrache le cœur
Te donne du bonheur.
Toi, l'Homme-en-uniforme, je ne t'ai jamais demandé ton prénom.

L'Homme-en-uniforme :

Cerise,
Espérence,
Essaie de savoir comment tu veux mourir, et tu trouveras les mesures de ta vie.

Cerise :	*L'Homme-en-uniforme :*
Mon dieu	Mon dieu
Qu'elle est	Qu'elle est
Chaude	Douce
La main	La main
De l'Homme-en-uniforme.	De la Cerise.

11) COMA DE VIE

Cerise :

Esther, comment je vais vivre ?
Tandis que je te parle, mon corps est un coquillage sans coquille.
Si je me réveille je ne serai que douleur.
Douleur de corps.
Douleur d'âme.
Douleur de solitude.
Tout n'est que désert autour de moi.
Maman, Samaël, Noyau, toi mon Esther, et l'Homme-en-uniforme lui-même a cédé sous le poids de la vie.
Dis Esther, est-ce que c'est moi qui anéantis tout autour ?
Esther, se sont des ondes de mort qui se dégagent de moi ?
Et si je survis, comment rire encore, comment avoir le droit de vivre ?
« N'attends rien. Tu es la dernière de notre lignée. Tu nous portes tous en toi. Toutes nos énergies t'ont été attribuées. Et la force, tu la trouveras, c'est ce qui doit arriver. Tu es la vie. Ne regarde plus ce qui te manque, et va vers ce que t'offre la vie. Ne te laisse pas aller, ne te laisse pas abattre, ne te laisse pas à la souffrance, ne te laisse pas partir. La vie t'a choisie, fais confiance à la vie. Ne joue pas au jeu du diable. Sinon tu leur laisses l'avantage. Ne te laisse pas ronger. Sinon ils gagnent tous une seconde fois. Vis, ne serait-ce que par victoire. Vis, ne serait-ce que par vengeance. Et si tu parviens à aimer encore, alors ils auront tous tout perdu. Ne leur laisse pas l'avantage. Force est de rester Amour.
Ne joue pas au jeu du diable qui fait rentrer la rage ; la rage qui gangrène le corps et l'âme.

Aime.
Aime Cerise.
Vis.
Aime et Vis.
Ne serait-ce que par vengeance. »

Je vois tous mes amours
tous mes morts
défiler devant moi.

Un jour on se reverra. Quelque part en au-delà. Je vous le jure on se reverra.

Esther, donne-moi toute la force des montagnes, la légèreté des arpèges des oiseaux, donne-moi la rage du galop mêlée à la patience des arbres.
Esther ? Réponds-moi !
Je ne vois plus, n'entends plus personne.

Noir et silence. Ne m'abandonnez pas.
Noir et silence. Où êtes-vous tous ?

J'avance
vers
mon
cartable.
Ouvre
lentement
le
zip.
Je
prends
l'arme

à
feu
de
l'Homme-en-uniforme.

Je
la
pointe
sur
mon
troisième
œil,

et tire.

12) MISE EN VIE

Cerise :

J'ouvre un œil.
Tout mon corps rentre en douleur.
Tout mon corps revient dans la vie.
Je vois les fantômes de Cassielle et Gabriel. Puis d'un ange en blanc ; mon médecin.
Leurs fantômes de vie qui me regardent, que je regarde, derrière mes yeux si flous. Si flous.

Si fragile je suis en cet instant, vulnérable, un coquillage sans coquille, mais naît en moi une chaleur au cœur, qui semble se gonfler entre mon cœur et mon ventre.
Je m'emplis lentement des forces envoyées par vous tous, qui n'êtes plus de chair.
Je suis fille et sœur des montagnes. J'ai leur force en moi.
Je connais le secret pour les soulever et regarder le ciel, regarder le soleil, en hurle-chantant. Je suis enfant de la terre, enfant couleur du bois de l'arbre. Et je hurle-chante.

Je veux passer ma vie à chanter.
Je veux passer ma vie à danser.
Je veux passer ma vie à agir pour tous.
Je veux passer ma vie à agir sur chacun.

En aimant.

Je veux passer ma vie à aimer.

Ne serait-ce que par vengeance.

Me reviens cette phrase de l'Homme-en-uniforme :

« Essaie de savoir comment tu veux mourir, et tu trouveras les mesures de ta vie. »

Je veux mourir de rire.

L'HARMATTAN, ITALIA
Via Degli Artisti 15; 10124 Torino

L'HARMATTAN HONGRIE
Könyvesbolt ; Kossuth L. u. 14-16
1053 Budapest

L'HARMATTAN BURKINA FASO
Rue 15.167 Route du Pô Patte d'oie
12 BP 226 Ouagadougou 12
(00226) 76 59 79 86

ESPACE L'HARMATTAN KINSHASA
Faculté des Sciences sociales,
politiques et administratives
BP243, KIN XI ; Université de Kinshasa

L'HARMATTAN CONGO
67, av. E. P. Lumumba
Bât. – Congo Pharmacie (Bib. Nat.)
BP2874 Brazzaville
harmattan.congo@yahoo.fr

L'HARMATTAN GUINEE
Almamya Rue KA 028, en face du restaurant Le Cèdre
OKB agency BP 3470 Conakry
(00224) 60 20 85 08
harmattanguinee@yahoo.fr

L'HARMATTAN CÔTE D'IVOIRE
M. Etien N'dah Ahmon
Résidence Karl / cité des arts
Abidjan-Cocody 03 BP 1588 Abidjan 03
(00225) 05 77 87 31

L'HARMATTAN MAURITANIE
Espace El Kettab du livre francophone
N° 472 avenue du Palais des Congrès
BP 316 Nouakchott
(00222) 63 25 980

L'HARMATTAN CAMEROUN
BP 11486
Face à la SNI, immeuble Don Bosco
Yaoundé
(00237) 99 76 61 66
harmattancam@yahoo.fr

L'HARMATTAN SÉNÉGAL
« Villa Rose », rue de Diourbel X G, Point E
BP 45034 Dakar FANN
(00221) 33 825 98 58 / 77 242 25 08
senharmattan@gmail.com

623609 - Octobre 2015
Achevé d'imprimer par